Coleção Sigmund

Bruno Drummond

Gente Fina

Prefácio de Bruno Mazzeo

DESIDERATA

Coleção Sigmund

CONSULTOR DE HUMOR

EDITORA
Martha Mamede Batalha

COORDENAÇÃO EDITORIAL
S. Lobo
Gustal

PRODUÇÃO EDITORIAL
Danielle Alves Freddo

ASSISTENTE DE PRODUÇÃO
Camila Bicudo

CAPA E PROJETO GRÁFICO
Odyr Bernardi

DIAGRAMAÇÃO
Jan-Felipe Beer
S. Lobo

REVISÃO
Danielle Alves Freddo
Camila Bicudo

TRATAMENTO DE IMAGEM E FECHAMENTO
Vitor Manes

EDITORA DESIDERATA
Av. N. Sra. de Copacabana, 928 / 402 – Copacabana – RJ – CEP: 22060-002
Telefax: (21) 3208-3919 www.editoradesiderata.com.br

CIP-BRASIL. CATALOGAÇÃO-NA-FONTE
SINDICATO NACIONAL DOS EDITORES DE LIVRO, RJ

D859g

Drummond, Bruno
Gente Fina / Bruno Drummmond. - Rio de Janeiro : Desiderata, 2007.
principalmente il. - (Sigmund ; v.7)

Textos em quadrinhos
ISBN 978-85-99070-30-7

1. Classe média - Caricaturas e desenhos humorísticos. 2. Caricaturas e desenhos humorísticos. I. Título. II. Série.

07-0413. CDD: 741.5
CDU: 741.5

07.02.07 09.02.07 000367

Para meus pais.
Para meu filho.

Para Daniela,
sempre.

Gente Fina é outra coisa...

Maldita hora em que fui escrever um *i-meio* para o Bruno Drummond, parabenizando-o pelo seu brilhante trabalho na revista dominical d´*O Globo*. Se não fosse esse espontâneo contato, talvez eu não tivesse sido chamado para escrever este prefácio que você agora lê. Não que não seja uma honra. Muito pelo contrário. É que isso é uma novidade para mim. E toda novidade gera um frio enorme na barriga.

A sorte é que minha tarefa é escrever sobre um cara que não conheço pessoalmente, mas cujo trabalho acompanho e admiro semanalmente. A gente sempre tem nossas preferências ao abrir um jornal, uma seção para aonde vamos antes de tudo. Aos domingos é para o *Gente Fina* que eu vou. É o meu "show de abertura" para depois ler a coluna do Xexéo. Juro que não é (apenas) uma solidariedade entre vascaínos!

Existem várias maneiras de se praticar o humor. E garanto: nenhuma delas é fácil. Vivo de algumas delas (até descobrirem que eu sou um blefe), mas a que meu xará exerce me parece ser das mais complicadas: a famosa *one-line*. A piada rápida e, necessariamente, certeira. A coluninha (uso o diminutivo por causa do tamanho físico) não tem mais do que duas frases, e expor um pensamento, uma idéia, um sentimento e ainda gerar graça e identificação em tão pouco espaço é tarefa para poucos. Bruno Drummond é um desses. E olha que eu nem entrei no mérito do desenho!

Que prazer poder ter em mãos tanta *Gente Fina* de uma só vez e não ter que esperar até o próximo domingo.

Eu poderia encerrar com um "divirta-se", mas não gosto de redundâncias. Então, pare de perder tempo, vire a página e vá logo ao que interessa!

Bruno Mazzeo

Introdução

No final do século XIX, a imprensa e as técnicas de impressão passaram por mudanças só comparáveis à revolução da informática, na década de 1990. O trabalho dos cartunistas, que sempre esteve associado aos meios de reprodução em série, também passou por transformações. A imprensa ilustrada brasileira, até então dominada pelo lápis litográfico de Ângelo Agostini, mudou de rumo. Jovens e promissores artistas surgiram no rastro das novas tecnologias.

Libertos do esfumado das pedras litográficas – graças à zincogravura – os cartunistas podiam, enfim, desenhar livremente sobre o papel. A linha surgia majestosa e absoluta nos cartuns, caricaturas, ilustrações e vinhetas da maioria das publicações na primeira metade do século passado. Era um período mágico para os artistas do traço. Sem a presença quase opressiva da fotografia (como nos jornais dos dias atuais), a imprensa fazia o registro da vida social e política nacional através do lápis dos seus cartunistas. E como eram belas as páginas daquele tempo! Ver aqueles desenhos significa, de alguma forma, viver aquele período e conhecer os tipos, as roupas, os gestos, as modas e os hábitos que já não existem mais. Mais do que imagens, cartunistas criam almas e espíritos.

J.Carlos, Raul Pederneiras e Calixto Cordeiro* foram os principais nomes desta época, e talvez nunca tenham tido a percepção de que, na intenção de fazer graça, fizeram história. Depois deles, muitos ótimos cartunistas surgiram – e ainda surgem todos os dias – embora o espaço à eles reservado nunca mais tenha sido o mesmo.

Os cartuns *Gente Fina* são uma homenagem a estes mestres. Sugam-lhes a essência na tentativa de criar algo novo, moderno e atual, com as mesmas intenções de um registro da alma carioca, através de um desenho limpo, elegante e sintético, onde a linha é o principal elemento gráfico. *Gente Fina* lança um olhar sobre os tipos da cidade e se propõe a registrar seus ridículos e seus excessos, sem a gargalhada fácil, mas com um sorriso honesto.

Bruno Drummond

*Em 2007, Calixto Cordeiro ou K.lixto – como assinava em seus desenhos – estaria comemorando redondos 120 anos de vida. Como se não bastasse, neste mesmo ano, completam-se 50 anos de sua morte. Homenagens são mais do que justas. A minha é este livro.

Pediram pra entregar isso pra senhora.
obrigada.
Aí Marcinha! Recebendo **bilhetinho!**
e foi daquele **tesão ali!**
não é nenhum *"tesão"* é meu **ex-marido.**
e não é *"bilhetinho"* é a **conta!**

aquela morena passou a mão na minha bunda.
e você vai ficar aí **parado?!**
o que que eu faço?
vai lá e **paga** uma cerveja pra ela!
iiiihh... não vai dar...
por quê?!
ela levou a minha carteira.

eu te amo,
Carlos Maurício!
eu também te amo,
Lúcia Cristina!
peraí! meu nome
não é Lúcia Cristina!
tudo bem, o meu também
não é Carlos Maurício...

você e o Alberto estão juntos há quanto tempo?
quatro anos.
e vocês nunca pensaram em se casar?
claro que já!
só **não** encontramos **a pessoa certa!**

o cara olhou pra minha namorada e eu parti pra dentro dele!
aí a pancadaria começou! voou copo! voou cadeira! voou garçom!!
quando a polícia chegou eu já tinha saído fora!
e a sua namorada?
putz!! eu sabia que tinha esquecido alguma coisa!

vi teu pai no jornal!
viu?! super maneiro, né?!
deram o maior destaque pra ele!
então! viu o tamanho da foto?!
fiquei **super orgulhosa!** pô cara, **papai!!**
show!
o que foi que ele fez mesmo?
estelionato!

o Alfredo está me traindo.
você tem certeza?
absoluta. não sei como ele teve coragem de fazer isso **comigo!**
mas ele me paga. **ah, paga!**
o que você vai fazer?
contar tudo pra **esposa** dele.

todo homem devia ter direito a **três mulheres!**
boa!
eu não quero
como não quer?!
mas por que, Alfredinho?
muita sogra.

existe **alguma chance** de a gente transar essa noite?
claro que existe.
mas as **minhas chances** são bem maiores que **as suas.**

o **Luis Carlos** é gentil, atencioso, inteligente... já o **Armandinho** é um **canalha!**
mas um canalha que me deixa **louca** na cama!
não sei o que fazer...
fica com o Luis Carlos.
e o Armandinho?...
me apresenta.

políticos honestos são cada vez mais raros.
obrigado.
por isso, meu caro, quando eu encontro um...
eu compro!
muito obrigado.

minha mulher está tendo um caso com o **meu chefe.**
putz! e agora? o que você vai fazer?!

pedir um
aumento.

jura que nao
vai me esquecer?
juro.
jura que vai me
amar pra sempre?
juro!
jura que vai me ligar
todos os dias?
**juro!
juro!!**
jura que **não**
vai ligar à cobrar?
juro...

o Paulo Eduardo me ligou, ele quer **voltar** pra casa.
já era hora!
disse que foi um erro ter se mudado, que a vida dele perdeu o sentido...
disse que sente falta da casa, do quarto, da cama...
e **você**?
eu que me **mude!**

ficamos eu e mais seis garotas, alí ó, a noite inteira!
que beleza!
uma loucura!! e ainda marcamos de voltar amanhã!
mara-vilha!
será que eu podia participar?
claro!
então me dá o endereço.
www ponto...

imagina: eu, você, uma praia deserta...
um sol escaldante e um vidro de maionese...
que nojo!!
tava imaginando'
hein?!

o que você acha dessa onda metrossexual?
boiolice!
homem pra mim tem que ser **macho!** não pode fazer a **unha**, nem depilar o **peito!!**
sei...
homem pra você não pode ter **frescura**.
isso. e pra você?
eu prefiro **mulher**...

adoro esse espírito de natal.
que espírito?
esse, que toma conta da gente quando o natal se aproxima...
qual?
ah! comprar, comprar, comprar!!

sabe o que eu adoro?
lingerie preta!
hmmm...
você deve ficar uma graça!

me arruma um cigarro?
me empresta o isqueiro?
me paga uma cerveja?
não quer mais nada **não?**
apressadinha, hein?

você já teve
algum namorado
sério?
claro
que **já!**

mas eu prefiro os
engraçados!

por acaso
você olhou pra bunda daquela mulher?
olhei...
...mas foi
***por acaso*.**

os novos prefeitos já tomaram posse com as prefeituras atoladas em **dívidas**!
é um **absurdo!** quem é que vai pagar por **isso?!**
não se preocupe...
a *gente* paga.

me perdi da minha mulher.
tudo bem, fique calmo...
Só Num Vem Quem Já Se Foi!
ainda falta **eu** me perder da **minha!**

ele é doce,
gentil, atencioso...
acho que estou
apaixonada...
acho que
ela vai **dar**...

você acha que um casal pode ficar junto pelo **resto da vida?**
depende...
do casal?
de **quanto** resta de vida.

olha, Peixoto!
por uma mulher **dessas** eu faria **qual-quer negócio**...
... até **sexo.**

tiroteio fecha avenida e provoca pânico...
que horror! a cidade está um caos e ninguém **faz nada! nada!!**
você, por exemplo, fica só aí, paradão... **faz alguma coisa! se mexe!!**
CLIC!

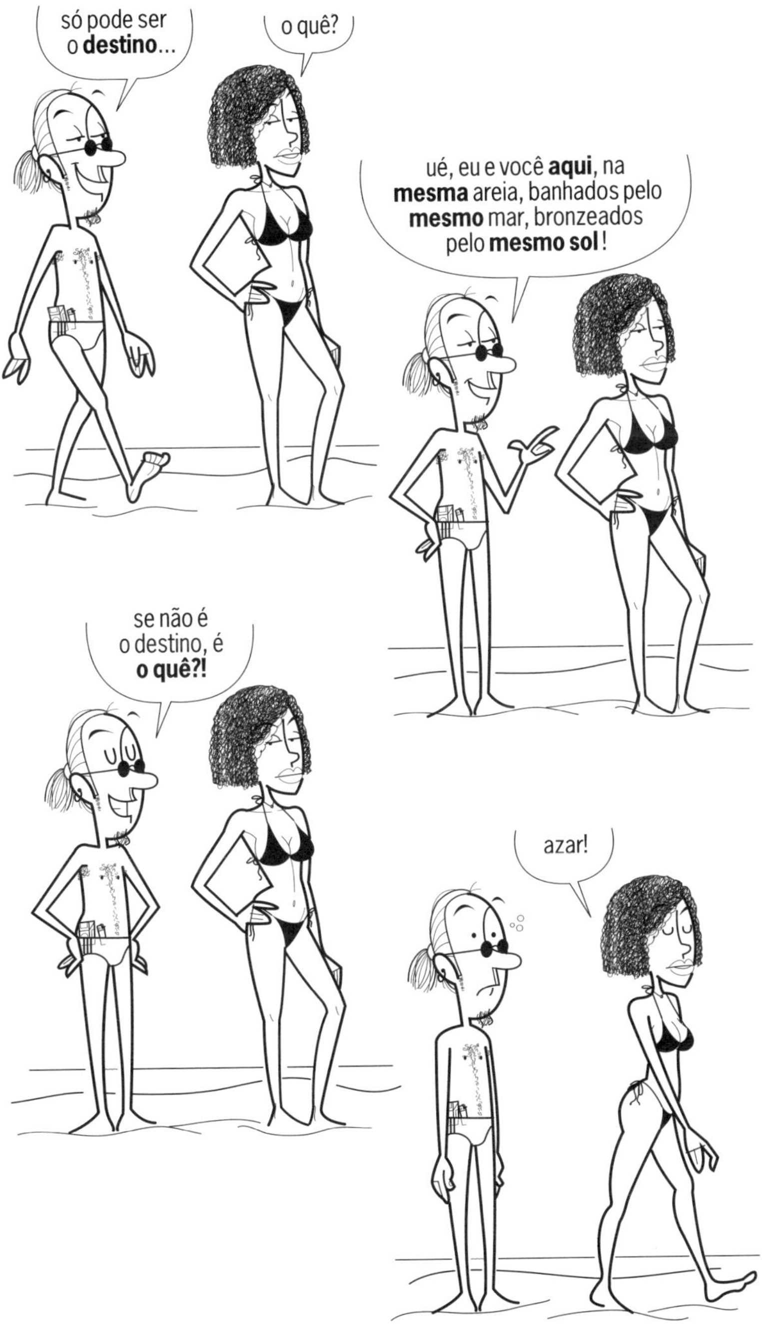
só pode ser o **destino**...
o quê?
ué, eu e você **aqui**, na **mesma** areia, banhados pelo **mesmo** mar, bronzeados pelo **mesmo sol**!
se não é o destino, é **o quê?!**
azar!

pra mim o **paraíso** podia ser uma eterna pista de dança!
Deus seria o **DJ**
e **Ele** só tocaria hip hop, trance e tech-house!
é claro que para os meus pais isso seria o **inferno**.

eu quero a separação.
não!
se controla Marlene! podemos resolver isso como dois **adultos!**
mas...
...e as crianças? **quem** vai ficar com as crianças?!
par ou ímpar?

e aí? como estão as
coisas entre você e o
Marcos na **cama**?
bem
melhores...

agora eu tenho
a **minha** e ele tem
a **dele**.

eu vivia angustiada.
eu era paranóica.
e eu complexada.
perdia tanto tempo...
tinha tanta vergonha.
tanta inveja...
mas hoje, **tudo mudou**!
tudo!
um brinde!
à escova progressiva!!

espera Luiza, eu **posso** explicar!
não pode! batom na cueca **não tem** explicação!
mas **essa** cueca **não** é minha!
não?!
não.
e esse batom? **é seu?**
batom?!... ...que batom?
espera Luis Otávio, eu **posso explicar!**

tudo **pronto** pra despedida de solteiro?
tudo.
reservei a suíte do *Penetra's*.
eu comprei cerveja, uísque e charutos.
o Caio Cachaça vai levar as garotas.
certo certo...
mas **qual** de nós vai se casar?!

...mas **hoje** em dia a gente **ainda** namora, fica noiva se casa, tem filhos...
eu sei querida, eu sei...
mas no meu tempo era com a **mesma pessoa.**

putz!! é o meu **marido!**
não seja ridícula...
o seu marido sou **eu!**
desculpa...
reflexo.

Robert, **quem é** esse **dinossauro oxigenado** pendurado no seu ombro?!
é minha **mãe**...
sogrinha!!

viu minha foto na revista?
não, **cadê?**
ué?! mas só aparece a sua **bunda**...
então...
não é a minha **cara?!**

você não acha que a nossa geração **lê pouco?**
depende...
legenda de filme americano também é **literatura?**

por que isso tinha que acontecer comigo? **por quê?!**
não fica assim, Lú.
o que as pessoas vão **pensar?** o que elas vão **dizer?!**
não liga pra isso.
vinte anos de casamento! vinte!!
calma, Lúcia!
...e ainda **apaixo-nada** pelo **próprio marido!!**
vai passar, vai passar...

...mas Meireles, você **não pode** trocar um casamento de **trinta** anos por uma namoradinha de **dezoito!**
o seu coração não vai **agüentar!**
não é o ***coração*** que me preocupa...

dia dos namorados... **isso** é uma invenção do mercado pra aumentar as vendas!
eu me **recuso** a participar desse **consumismo vazio!!**
eu te entendo cara, também já fui assim...
assim como?
solitário.

primeiro você escolhe a origem do **vinho**: francês, italiano, chileno...
depois o tipo de uva: cabernet, merlot, pinot noir...
em seguida analisa os preços e o custo benefício.
agora pede.
uma **coca light.**

... e quando eu chego do trabalho, o Billy fica tão contente que me lambe todinha.
que gracinha!
queria que o Apolo fosse assim...
seu cachorro?
meu marido.

nós mulheres levamos anos para conquistar nossa independência!
anos!
trabalhamos duro para provar nossa competência profissional!
durís-simo!!
agora chega.
chega?!
tô querendo um **bofe** que me sustente...

é verdade que você
tem as iniciais de **todos** os
caras que já namorou ta-
tuadas pelo corpo?
de **todos**
não...

só dos amores
verdadeiros.

...entenda uma coisa, Waldemar, um bom político não **vende** os seus princípios!
e se a proposta for irrecusável?
aluga.

tô amarradão no meu celular novo! não sei como eu vivia sem ele!
com esse modelo eu tiro fotos, acesso a internet, baixo músicas, envio torpedos...
não tem nada que esse aparelho não faça! **nada!**
já tentou beijo de língua?

cara, minha mulher
não me deixa em paz
um minuto! ela não
desgruda!
só tenho sossego
jogando futebol!
aqui eu relaxo e
me divirto, entende?
entendo...
teu negócio é
marcação **homem**
a homem!

oi, será que...
pode **parar!** eu sei o que você quer. conheço seu **tipo**...
quer me pagar uma bebida, me seduzir, me levar pra casa, arrancar minhas roupas e transar comigo como um **animal!** não é isso?!
bem, na verdade...
só queria um cigarro.
saco!

Arlindo... "quem você **levaria** para uma ilha deserta?"
você.
jura?!
juro.
...só não me pede pra **buscar!**

tudo que eu queria era encontrar um homem de verdade.
forte! firme! vigoroso! capaz de me dominar sexualmente!
e você?
eu também.

o meu primeiro marido me deu meus dois filhos.
o segundo me deu os imóveis na Barra.
o terceiro me encheu de jóias. e o quarto...
ah, o quarto!
o que foi que ele te deu?
um orgasmo.

mônzinho...
quié?
faz o **carrapatinho** teimoso?
agora não.
então faz a **lambretinha, faz?**
não.
e o **bate-estaca?**
já disse que...
peraí! eu nunca fiz esse **bate-estaca!**
não?
não!
então esquece.
agora eu quero fazer!

então senhores, como descrever este vinho?
fértil! como terra adubada.
com traços de pêlo de bode molhado.
e um toque de capim mastigado!
perfeito cavalheiros.
para mim, há ainda um leve aroma de fungos mofados.
e pra você Josemar?
um sonrisal...

eu e o Lucas Discoteca estamos organizando uma mega passeata de protesto.
vai ter cara-pintada, carro de som com DJ e distribuição de camisinha.
a idéia é mostrar pra sociedade qual é a *nossa posição* diante dessa crise ética na política.
e qual é a ***nossa posição***?
é mais ou menos assim ó...

ver crianças nos sinais pedindo dinheiro me deixa muito estressado...
você devia ter fechado os olhos e pensado em outra coisa...
foi o que eu fiz!
e aí?
levaram meu relógio...

o Mário tem
uma amante.
tá tudo aqui, no
extrato do cartão
de crédito dele!
deixa
eu ver.
taí, motel *D'amour*,
terça-feira, vinte e
três de agosto.
canalha!
e tem mais,
olha **aqui!**
Churrascaria
Barrigudu's, quarta,
seis de agosto.
agora me diz,
que tipo de vagabunda
jantaria num lugar
desses?!
eu.

comprei bola,
bomba e colete
pra pelada...
beleza.
e o
troco?
comprei
um juiz.

eu e o João temos um casamento moderno, com uma relação **aberta** e sem preconceitos...

ele faz **sexo** com outras mulheres mas é só por **prazer**,
comigo é **diferente**...

é por **obrigação?**

você é **contra** a campanha do **desarma-mento**, não é Guto?
eu?! por quê?

tu só pega
canhão!

disfunção?
isso.
erétil?
é.
mas isso não
é ***broxar***?
só quando é
com os **outros**.

Régis! quanto tempo cara! você não estava na Inglaterra?
estava.
fiz mestrado, doutorado e pós - doutorado em eletrodinâmica quântica na *Universidade de **Oxford***.
uau! que bacana!
e agora, você tá trabalhando onde?
no *Rei da Empada*...

a diferença entre o meu **amante** e o meu **marido**,
é que com o meu **amante** eu tenho **sexo sem compromisso**, e com o meu **marido**...
...tenho um **compromisso sem sexo.**

Josias, o que é isso que eu encontrei no bolso do seu paletó?
um pedaço de papel, querida...
exato. agora adivinha o que está escrito nele?
o quê?
"Jô, me encontre às dez. beijos lambidos, Kátia Cachorra."
você sabe o que isso significa, Josias? **sabe?!**
sei...
... que eu estou **atrasadíssimo!**
atrasa-díssimo!

conta aí, Cabelinho! tu pegou ou não pe- gou a Lurdinha?
se eu contar, vocês vão espalhar pra **todo mundo?**
claro que **não!**
fica **só** entre a gente!
então **não** conto!

sou um homem **rico**, tenho ***tudo*** que quero.
menos um **amor**!
um ***o* quê?**
um amor. puro e incondicional, como o meu e do Heitor!
taí! daria parte da minha fortuna por um *troço* desses...
não seja **ridículo!** um amor como **esse não** está a venda!
diz pra ele, Heitor.
Roberto...
eu te amo.

...o canalha olhou pra mim e disse:
"oi, te como todinha!"
mentira...
juro! na minha cara!
cafa-jeste!
e você? fez o quê?
eu dei...

eu e o Júlio Bala já temos **tudo** planejado...
a gente fica noivo em março, se casa em abril, viaja em lua-de-mel em maio...
...e ***se separa*** em junho.

...não podemos deixar que esse sistema consumista transforme nosso natal em puro **comércio materialista!**
sacou, vó?
"saquei"...
...e o que eu faço com o ***iPod*** que eu comprei pra você?
disfarça, e joga na minha **bolsa.**

em **2007** eu espero que o **Brasil** vá pra frente.
eu **também**! com justiça, segurança e solidariedade!
bem, na verdade...
... eu *tava* pensando em **três** atacantes e um meio-campo **ofensivo!**

boa praia, hein gata?
muito cheia.
mas o dia tá lindo...
muito quente.
...pelo menos a água tá gostosa!
muito fria...
pô! então o que você tá fazendo aqui?
xixi.

aquela garota é da minha academia.
como é que você sabe, Pedro Paulo?
eu tô reconhecendo...
o quê, Pedro Paulo?
...se a moça tá de **costas?**

Rogerinhôôô...
agora não, Yara, tô vendo o jogo.
que **saco!**
às vezes eu acho que você gosta mais de futebol do que de mim...
que gosta mais das coxas do Roberto Carlos...
...da boca do Ronaldinho, da bunda do Cafu da...
chega! pode parar!!
já fiquei excitado.

Pai, tenho uma coisa muito importante pra te dizer...
eu **não sou** como os outros rapazes da minha idade, eu sou **diferente**...
faço parte de uma **minoria**,
e resolvi **assumir**...
...eu torço pro América!

você já **pensou** em participar do Big Brother?
ué? mas pra participar do Big Brother...

...precisa
pensar?!

menina, nem te conto! meu próximo desfile vai ser no Japão, pela Chanel!
uau!
hum!
o meu vai ser em Milão, pela Colcci!
ui! que tudo!
tsk, tsk...
e você, querida?
vai desfilar onde?
no Rio...
...pela Mangueira!

quando eu **entro** num bloco eu viro **outra pessoa!**
mas depois que o bloco passa, eu volto a ser o José Carlos, auxiliar de escritório.
que **coincidência**, eu também!
você também é auxiliar de escritório?
não...
...eu **também** me chamo ***José Carlos.***
2108

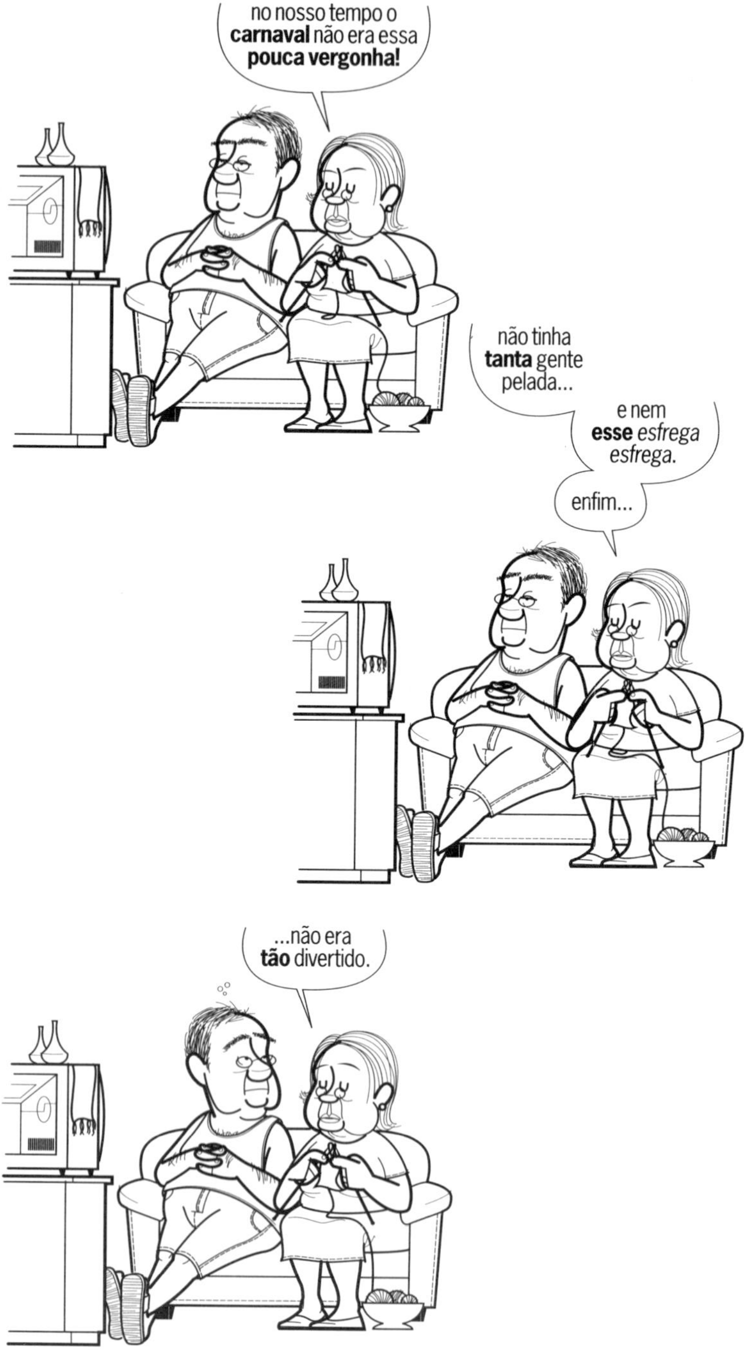
no nosso tempo o **carnaval** não era essa **pouca vergonha!**
não tinha **tanta** gente pelada...
e nem **esse** *esfrega esfrega.*
enfim...
...não era **tão** divertido.

...sinto falta de **romantismo** na nossa relação...
romantismo, é? *sei*...
se você quiser eu posso te mandar umas flores...
eu adoraria!
ótimo.
...então me diz seu **nome** e **endereço**.

e aí João,
leu o livro do Machado pra prova de literatura?
eu não.
escutei o **audiobook**, que dá no **mesmo!**
sei...
ei, Mayara!
"***traição***" se escreve com ***xis*** ou com dois ***esses***?

eu não acredito que ele te trocou por aquela **mulherzinha!**
ela **não tem metade** da sua inteligência, **metade** da sua elegância, **metade** do seu carisma.
eu sei...
...ela tem metade da **minha idade.**

... às vezes você não **tem** a sensação de que tá **todo mundo** se dando bem e você é o único **otário?**
tenho! tenho!
vocês também **têm?!**

eu não.
nem eu.

você não quer saber meu nome?
não.
nem meu telefone...
não.
não quer saber onde eu moro, onde eu trabalho e nem quanto eu ganho...
não, não e não.
você quer casar comigo?

você, hein, Heitor?
tinha que apalpar os **peitos** da Amanda?
foi ela que pediu pra eu tes-tar o *silicone*...
tá bom,
mas preci-sava ter feito: **"mmmm..."?**
e você queria que eu fizesse **o quê?**
fon-fom?!

você tem um **amante**, não tem Mariângela?
eu?! claro que **não!**
então prova!
eu já provei,
dá muito trabalho...

graaande Almeidinha!
diz aí Almeida,
como um cara careca, baixinho e narigudo pega tanta mulher?
o segre-do está aqui dentro...
... da minha carteira.

rapaz, tive um final de semana cheio de emoções...
...angústia, raiva, depressão, euforia, revolta, tristeza e alívio.
o que você fez?
o imposto de renda.

...Deus me livre ter um homem na minha casa, bagunçando minhas coisas, controlando meu dinheiro, se metendo na minha vida...
então você não quer se casar?
claro que **quero!**
não quero é um marido...

diz pra mim
boneca,
quantas vezes
por semana você
faz sexo **com** o
seu marido?
não é da
sua conta.

e **sem**
ele?

pronto, bati.
como bateu?!
batendo, dá o morto.
mas...
mas o **quê**, Cardoso?
...você não pode...
como não posso?!
escuta aqui Cardoso, tô cheia de você me dizendo o que posso e o que não posso fazer. chega de **autoritarismo!**
não posso **por quê?!**
porque a gente tá jogando pôquer.

convidei uns amigos pra jantar com a gente.
hoje, Joaquim?!
no dia que a mamãe janta aqui em casa?
relaxa, Solange.
Dona Idalina vai **adorar** a turma.
que turma, Joaquim?
Geraldo Roscofe, Carlos Arroto, Fernando Peroba e Rodriguinho Tripé...

acabou,
Almir.
cansei do
seu cinismo.
espera um
pouco, Guiomar.
cansei do
seu desprezo.
espera aí,
Guiomar!
cansei da
sua indiferença.
espera!!
espera,
o quê?
espera o
jogo terminar,
Guiomar.

eu vou...
vai não, fica aí.
é que eu tenho...
tem nada, sossega.
mas...
e não fala que dá azar.
era só o que me faltava...
você sabe que em Copa do Mundo eu fico assim...
tenso.
tá bom,
mas até pra ver novela?

olha o **tamanho** daquela **gigoga!**
é...

...um
escândalo!

todo dia meu chefe me dá algum presentinho: bombons, flores, bijuterias...
iiiiihh...
será que ele está com **segundas intenções?**
claro que **não**, boba!
ele quer apenas **sexo.**

tô saindo...
vai fazer compras de novo?
vou, por quê?
desde de que começou essa maldita copa, você não sai da frente da tevê. mal olha na minha cara!
quer que eu faça o quê, hein? o quê?
compre cerveja.

praia, sol e mar! isso é tudo que eu quero em 2007!
eu também...

mais um carro importado, uma casa com piscina e o meu salário em dólar...

Conheça outros lançamentos da Editora Desiderata

Se deseja saber novidades, mande um e-mail para desiderata@editoradesiderata.com.br

www.editoradesiderata.com.br

Gente Fina

foi editado em fevereiro de 2007.
Miolo impresso em papel offset 90g e capa em papel
cartão triplex 250g, na Zit Gráfica.